CW00858063

Libre ou Mourir

SOMMAIRE

....5

Introduction...5

Mon histoire..15

Qui suis-je?...16

La prise de décision...33

Le parcours..35

De la Côte d'Ivoire au Mali...............................36

La vie au Mali...41

L'histoire de Hamed...47

Du Mali au Burkina Faso..................................53

Du Burkina Faso au Niger.................................55

La vie à Agadez...60

De Niger à Libye...66

3

Le désert..66

La vie en Libye...74

La vie en prison d'un jeune Malien...............83

De la Libye en Italie..................................86

L'entrée en Italie......................................96

L'entrée en France et la prise en charge.........101

La prise en charge par l'ASE.......................105

La famille d'accueil et le projet professionnel...107

L'expulsion..113

Conclusion..117

Comment je perçois les choses maintenant......120

Se tourner vers l'avenir et sortir de l'amertume...122

Vaincre le sentiment de rejet.......................125

Ma vision de la vie aujourd'hui....................127

Remerciements...129

…..134

Introduction

A l'école, les professeurs ont tendance à nous poser des questions du genre, que comptes-tu faire plus tard? Je n'avais pas de réponse à cette question car je ne savais pas ce que je voulais exactement, donc j'étais toujours dans le silence lors des séances interrogatoires. La seule réponse que je pouvais donner à cette question était "devenir un jour footballeur professionnel".

Le foot était pour moi une source d'inspiration. C'était ma passion. C'était mon rêve. Il me permettait d'évacuer tout le stress de mon quotidien.

Au fil du temps j'ai réalisé que celui-ci ne devrait

être qu'un simple divertissement pour moi à cause de mes conditions de vie.

Après avoir compris cela, j'ai donc décidé de me concentrer sur mes études afin d'avoir un avenir radieux « D'où le moment pour moi d'obtenir une réponse précise aux questions posées par mes professeurs concernant mon avenir ». Et, la réponse à ces questions étaient, devenir un jour comptable car j'étais plus scientifique (j'aimais bien les maths et sciences).

En classe, j'étais parmi les meilleurs malgré le manque de moyen dans mes études, mais j'étais le mal aimé. J'étais celui que tout le monde rejetait sans aucune excuse. Jusqu'au point qu'on m'appelait par mes handicapes émotionnels (le pauvre, l'affamé, le retardé, l'inutile etc...)

Tout ceci se passait avant que le pire n'arrive, c'est

à dire avant l'accident de ma mère. J'étais très malheureux à l'école. A la maison ça allait mieux car ma mère pouvait me protéger.

Plusieurs fois dans ma vie, j'ai été froissé, rejeté, souillé par les événements, mais je n'ai jamais cessé de croire en moi. Ce qui faisait de moi, quelqu'un de très optimiste et courageux malgré ces moments difficiles.

J'ai eu plusieurs blessures dans mon enfance suite au décès de mon père après ma naissance. Tel que, le manque d'insécurité, la peur de l'abandon, du rejet et de l'humiliation.

Aujourd'hui, j'ai accepté ces blessures car pour moi elles étaient destinées à faire partir de ma vie. Comme on le sait tous « nul ne peut empêcher le destin ».

Longtemps j'ai été mis à l'écart au détriment des autres, et c'est à ce moment j'ai compris que ma place n'était pas là où j'étais, et que pour être là où je souhaiterais être, il me fallait faire un énorme sacrifice (le sacrifice de fuir chez moi).

Mon but principal était de me procurer une place qui me corresponde quelque part dans ce monde. Quelque soit ma destination, le lieu ou même l'endroit. Ma seule et unique préoccupation était, **être libre**.

A travers mon évolution et les différents obstacles traversés, j'ai rencontré beaucoup de gens. De toutes les classes sociales, de toutes origines, de tous les âges, ça été l'une de mes plus grandes expériences.

J'ai traversé l'Afrique jusqu'à l'Europe en passant par plusieurs pays, comme (le Mali, le Burkina Faso, le Niger, et la Libye). J'ai compris maintenant que voyager permet de comprendre la vie.

Jusque-là, je ne réalisais pas ce que je faisais car j'étais encore adolescent et j'avais 15ans lorsque j'ai quitté mon domicile.

Je suis arrivé en Europe à la veille de mon seizième anniversaire. C'est à dire, le Mercredi 23 Décembre 2015, précisément en Italie (dont j'ai effectué environ quatre mois sur le territoire et après, j'ai dû aller en France car je comprenais mieux la langue Française et je m'exprimais bien).

Je suis arrivé en France le Dimanche 3 Avril 2016, accueillir par la Croix rouge Française le lendemain de mon arrivé sur le territoire (le Lundi 4 Avril 2016)."Vu que je ne connaissais personne lors de mon arrivée". Ensuite, transféré sur les services de l'ASE (Aide Sociale à l'Enfance) des Hauts-de-Seine.

Une fois en Europe, je me suis senti libre, aimé, accueilli, secouru et accompagné. « Être aimé, c'est de se sentir justifié d'exister». Je me sentais tellement existé.

Aimer vraiment intensifie notre sensation d'exister.

Il est des moments de bonheur où l'on est tellement heureux que l'autre, soit ce qu'il est, que l'on peut simplement se satisfaire du fait qu'il existe.

A un moment, je me méfiais de cet amour venant de mon entourage, car j'étais un peu persuadé qu'il n'est jamais certain. Alors je décide de prendre un peu de recul pour être sûre que tous ces désirs de leurs part, étaient bien réels.

Ces manques de confiances ont été hérité de mon passé.

Lorsque j'ai eu la réponse à ma préoccupation, j'étais à la fois soulagé et heureux. Heureux de me sentir pour une fois dans ma vie, exister.

J'avais enfin, le sentiment d'avoir la vie que je voulais. Et, c'était en France. J'ai donc commencé par apprendre son hymne (la marseillaise). Je l'ai appris mot par mot, et j'ai cherché à comprendre pourquoi ces mots étaient utilisés.

En fait, je me suis sentir « chez moi ». Je me suis dit, tient Abdoul, c'est ici ta place. Mais hélas, il va falloir vite enlever cette idée de la tête.

A ma plus grande surprise, le jeudi 31 Mai 2018, je reçois un courrier de la préfecture qui m'oblige à quitter le territoire français dans un délai de 30 jours.

Tellement je m'étais accroché à ce pays. Je voulais tout donner pour être parmi ceux qui rendent ce monde meilleur, parmi ceux qui contribuent aux biens êtres des autres et qui viennent aux besoins de tous. Je me suis vite adapté à sa tradition car je voulais rester définitivement sur le territoire.

J'étais salarié à Enedis (l'une des plus grandes entreprises française qui contribue plus au développement du pays et c'était une fierté pour moi d'être dans ce rang, car travailler dans cette entreprise, c'est rendre service aux Français). Mais tout cela n'a pas suffi pour être accepté.

A présent, tout ce que je sais de ma vie, et que je n'ai pas de place à me procurer dans ce monde. Personne ne m'accepte.

Je ne peux ni vivre chez moi, ni vivre ailleurs. C'est comme cela, c'est ma destinée et nul ne peut l'empêcher.

Je me demande toujours ce que je suis venu chercher dans ce monde? Une question à laquelle je n'aurai jamais de réponse. Je n'ai jamais voulu de tout cela. Alors pourquoi toutes ces punitions?

Je sais aujourd'hui qu'il n'est pas nécessaire d'avoir une enfance douloureuse ni même d'avoir vécu des expériences de traumatismes pour être prisonnier de son passé.

Nous avons tous vécus des expériences dans nos enfances, qui sont à la fois émotionnelles et profondes, et qui nous plonge dans un immense vide. Mais peu de personnes arrivent à divulguer leurs vécus.

Ces personnes qui n'arrivent pas à s'exprimer ont-elles peur de retourner dans le passé? Ou encore la peur de se faire humilier par son entourage?, A ce sujet il aura toujours du silence à la question posée.

Alors, aujourd'hui, je suis prêt. Prêt à m'exprimer, à me faire entendre par tous, à être de nouveau humilié s'il le faut. Je suis prêt à vous expliquer mon histoire. L'histoire d'un petit garçon délaissé.

Mon histoire

L'histoire que je m'apprête à vous raconter faire référence à mes vécus, mes difficultés ou encore les souffrances que j'ai dû endurer et que j'endure encore aujourd'hui. C'est la première fois que je décide d'en parler publiquement.

Au fur et à mesure de votre lecture, vous aurez toutes sortes d'émotions. Que ce soit de la tristesse ou de la peine.

Au début, j'avais peur de m'exprimer car je ne voulais pas être ridiculiser aux yeux de tous. Je voulais à tout pris oublier mon passé et penser à mon futur.

Depuis un certains moment, ces sentiments m'avaient quittés mais je n'étais pas encore prêt à me livrer. Aujourd'hui, c'est le désespoir qui m'amène à vous raconter mon histoire et mon parcours douloureux, de sortes que chacun de vous, ayez une idée précise de la réalité des choses.

Cette histoire, il s'agit d'un petit garçon que j'étais, et qui un jour, a décidé de se procurer une place loin de chez lui, quelque part dans ce monde. Pour une simple raison: **Être libre.**

Qui suis-je?

Le vendredi 24 Décembre 1999 a été la venue d'un enfant innocent dans ce monde, qui perd son père juste après sa naissance. J'ai été élevé par ma mère qui prenait soin de moi (mes études, ma santé, ainsi que mes activités sportives). Ma mère était commerçante.

Des années plus-tard, elle s'est remariée avec un monsieur "qui est mon beau père" et qui était censé prendre soin de moi (c'est à dire jouer le rôle de mon père). Hélas, celui-ci fut mon plus grand cauchemar.

De mon enfance, je ne garde que peu de souvenirs, je les ai effacés car ils étaient trop lourds à porter. J'ai manqué d'affection, de sécurité, d'attention, de reconnaissance, de respect, de valorisation et de bien d'autre chose encore, au profit de mon père décédé.

Tout a commencé après l'accident de ma mère. Mon beau père était censé s'occuper de moi à l'absence de ma mère. Malheureusement ça été tout le contraire, car je n'étais plus considéré comme un membre de la famille. J'étais celui qui n'avait plus d'importance. Celui qui ne servait plus à rien. Celui qui n'était pas, bien-sûr le fils du monsieur. J'ai été mis à l'écart et ses enfants étaient prioritaires.

« Ma mère a été victime d'un accident de route, où elle sera hospitalisée pendant plusieurs mois ».

J'ai dû arrêter mes études en fin d'année scolaire, aussi mes activités sportives (notamment le foot). J'étais déconnecté de tous les activités dont tout enfant exerce. J'étais isolé et livré à moi-même. Je n'avais que 14ans en ce moment.

J'ai donc grandir en manque d'amour tout au long de ma vie. J'ai toujours été mis à l'écart. J'ai vécu une solitude et grand vide dans mon cœur. Ça toujours été ainsi même avant l'accident de ma mère. Sauf qu'à son absence c'était pire.

Je représentais à la fois mon père et ma mère. J'étais rejeté par tous.

J'avais plus le droit de m'adresser à quelqu'un à la maison. J'étais maltraité. Malheureux. Je recevais trop de punition de la part de mon beau père. J'étais fouetté presque toutes les nuits. C'était très douloureux. J'ai été victime de la violence humain.

A la maison (chez mon beau père), un moment, je dormais au salon, je me retrouvais dans la chambre que quand il y avait de la visite. Je dois vous dire que j'étais très blessé émotionnellement et moralement. Il se passait tellement de choses dans ma tête.

Mon seul ami en ce moment était « DIEU», car je le priais à tout moment pour qu'il me vienne en aide et combien de fois j'ai pensé au suicide.

Toutes les nuits, il se passait cette voix dans ma tête « vas-y, met fin à tout ça ». J'ai voulu essayer mais je n'avais pas le courage de me rendre jusqu'au bout.

Même autour des gens, je me sentais toujours à part. Je n'étais pas capable de m'exprimer, ni de prendre ma place. Je faisais tout pour me faire aimer, pour avoir juste un petit peu d'amour, d'affection venant au moins de l'extérieur. Je ne demandais pas grande chose. Personne me prenait dans ses bras.

Êtes-vous arrivé une fois d'avoir un manque de contact humain ? Si non, alors je ne vous le souhaitez pas car c'est un cauchemar qui peut vous guider au suicide.

Il m'a aussi privé de voir ma mère à l'hôpital. Et me disait toujours "une fois ta mère décédée, tu quittes ma maison. Vas où tu veux mais reste pas chez moi". Vous imaginez que je n'avais que 14 ans lors de l'accident de ma mère. Alors, que va pouvoir faire un enfant de 14ans tout seul? J'étais confronté à tout.

Malgré mes études stoppées en fin d'année scolaire 2014, précisément en classe de 4ème, je faisais parti des admis en classe supérieure.

A la prochaine rentrée scolaire, je passais en 3ème. J'étais tellement heureux car je pensais que mes amis du collège allaient me redonner le sourire, de l'amour et que je pouvais enfin m'exprimer. Mais je me suis vite fais avoir par cette idée.

Premièrement, le jour de la rentrée, grosse

déception. Tous les regards se fixent vers moi en classe à cause de ma tenue (il y a une tenue modeste que tous les élèves du collège portent obligatoirement mais la mienne était un petit peu abîmée donc je devrais passer chez le tailleur me faire coudre les parties abîmées). Depuis ce jour, j'ai pris un peu de retrait à cause des moqueries.

A la récréation, tout le monde sort s'acheter quelques choses à grignoter (biscuits, pain, l'eau...) et moi je restais tout seul en classe, en attendant que l'heure de la récréation se termine car je n'avais pas d'argent pour m'acheter à manger.

Après les cours, quand je rentre à la maison, j'attendais que tout le monde finisse de manger avant que je ne mange à mon tour (manger le reste de la nourriture), si par la grâce de DIEU il en reste encore.

Des fois, j'allais à l'école avec le ventre vide. Mes

amis du collège, sans faire attention, me provoquaient avec leurs goûtés de la recréation. Alors que des fois, je ne mangeais pas la nuit avant de dormir. Ils ignoraient ce que je vivais.

Certains, lorsqu'ils finissent de manger, ils jetaient la feuille ou le sachet sur moi, (comme si j'étais une poubelle) et se mettent à rigoler. C'était vraiment horrible. Je n'ai pas réussi à me faire de bons amis.

De nouveau, je me retrouve seul. Encore une fois. Et je n'ai plus le courage de m'approcher des gens, pas envie de tisser de nouveau lien, d'être toujours celui qui gratte l'amitié. Je me laisse tout bonnement couler. Je n'oublierais jamais ce moment scolaire qui ma tellement terrifié.

J'étais même devenu le centre de toutes moqueries. Pour finir, j'ai été surnommé l'abîmé.

En ce moment, je me considérais comme orphelin de mes deux parents, car je ne voyais plus ma mère et mon père décédé.

A la fin, je suis devenu sauvage et agressif sans le vouloir, j'étais terrorisé. J'en voulais à tout le monde, j'étais devenu une nouvelle personne. Quelqu'un d'autre.

J'ai eu une fracture sur mon pied droit (je porte toujours les cicatrices). Je n'ai pas été emmené à l'hôpital. J'avais l'impression que tout le monde s'en fichait de mes douleurs. Ils m'ont ramené chez un guérisseur au lieu de l'hôpital.

Depuis ce jour, mon pied n'a plus été comme avant. Je marchais avec du bois. A la maison, je n'avais pas de soutien pour mes besoins car mon beau père avait interdit tout contact entre moi et ses enfants.

Deux mois après, je fais l'effort de retourner à l'école (pour moi l'école était mon seul soutiens, mon deuxième ami après Dieu).

A mon retour de l'école, comme d'habitude, ça recommence par les moqueries, par me rappeler de mon handicap physique avec bien sûr un nouveau surnom à l'appui « le pied pourri ».

A la fin, j'ai tout accepté et je prenais mon mal en patience. C'était la seule solution d'ailleurs.

Dès le lundi matin 8h, je comptais les heures jusqu'au week-end. Je ne voulais qu'une chose: La fin de l'année scolaire. Je ne pouvais plus supporter ma façon de vivre chez moi à la maison et à l'école. J'étais paniqué. Je ne demandais qu'une chose, la considération et le respect.

Ma mère sort de l'hôpital plusieurs mois après. Alors que je ne l'avais pas vue pendant tout ce temps. Je la voir là, juste en face de moi, et sur un fauteuil roulant. Immédiatement je commence à pleurer et elle aussi. Mais elle a constaté que mes pleurs signifiaient autre chose, et m'a demandé ce qui n'allait pas. Je n'arrivais pas à lui dire ce que j'avais sur le cœur. Mais la seule chose qui me faisait pleurer autant, est que, j'avais en face de moi la seule personne qui avait de l'amour à mon égard, et j'avais le sentiment que tout était fini.

C'est à ce moment qu'elle a remarqué ensuite mon pied et constate que j'avais mal. Elle me demande ce qui m'est arrivé ? Je lui réponds, ce n'est pas grave maman, c'était juste un accident. Et je rajoute (en larmes) : l'essentiel pour moi, est que tu sois là à mes côtés. J'étais très heureux pour son retour à la maison.

Elle continue toujours avec ses questions. Où as-tu été soigné ? Je lui réponds, chez un guérisseur.

Immédiatement, elle se met en colère. Elle avait une colère vraiment inexplicable. Elle tremblait. Son regard change. Je regardais sa chaise roulante, de peur qu'elle se renverse. J'avais tellement peur pour elle.

Au moment où j'écris, mes larmes ont commencés a couler. Je vois encore la scène en temps réel. C'était douloureux.

Au retour de mon beau père, ils se sont disputés et la tension de ma mère a vite augmentée.

Ils ont dû la ramener de nouveau à l'hôpital. C'était en mars 2015, j'avais 15ans et j'étais en classe de 3ème. Je n'ai pas pu passé mon brevet à cause du retour de ma mère à l'hôpital. Je passais tout mon temps à ses côtés. Je ne voulais plus aller à l'école en son absence ni me retourner à la maison.

En septembre 2015, ma mère décide de m'inscrire à la prochaine rentrée scolaire, et sort 10.000 FCFA au chevet de son lit d'hôpital (voulant me donner pour mes frais d'inscription), je refuse donc de prendre cet argent « Sachant le châtiment qui m'est réservé à son absence ». Je lui dis que je ne pourrais pas rentrer à la maison, ni même aller à l'école tant qu'elle ne rentre pas avec moi. Je quitte l'hôpital en pleure.

Alors, j'ai passé environ deux semaines à dormi dehors. C'est ainsi que j'ai connu un ami (pour la première fois j'avais un ami), du nom de Hamed. Il était plus âgé que moi. Il me considérait comme son petit frère. Il était la seule personne qui s'intéressait à moi en l'absence de ma mère. Je dormais chez lui, je mangeais chez lui. Il s'occupait de ma blessure. C'était mon ange.

Un jour, Hamed m'a dit qu'il comptait voyager, qu'il n'allait plus revenir encore. J'ai commencé à pleurer car il était devenu pour moi «mon frère» Et il m'a dit si je voulais, je pouvais l'accompagner sans problème. C'était à moi de voir. Je lui ai donc posé la question: où allait-il ?, il m'a répondu avec le sourire. Et ma posé une question: où tu vas passer la nuit quand je serais plus là?, je lui réponds, j'attends la sortie de ma mère de l'hôpital avant de rentrer chez moi. Il dit OK. Sans rien rajouter.

A mon réveil. Le matin, je ne vois plus Hamed, ni ses affaires. J'étais troublé, et je vois une feuille sur sa natte (là où il dort), il a écrit sur la feuille « tu ne mérites pas cette façon de vivre ». Il laisse ensuite, un numéro de téléphone.

Je pleurais comme si je venais de perdre un parent proche. Ce fut un moment troublant car je venais de perdre la seule personne qui m'avait accepté dans sa vie.

J'ai passé toute la journée sans manger, je décide alors de rentrer à la maison afin de pouvoir avaler quelques choses. Ce jour, il y avait des fruits sur la table donc j'en prends un pour manger. Soudain mon beau père rentre et me trouve en train de manger le fruit, immédiatement, il prend un objet (qui ressemblait à une larme) pour me taper puis il crie "sort de chez moi étranger". J'ai vu du sang couler sur mon tricot car j'étais blessé du côté gauche de ma poitrine sur mes seins (je porte ces marques jusqu'à présent).

Immédiatement, ma faim disparaît, parce que j'avais trop mal. Alors je sors en larme et je me dirige vers l'hôpital voir ma mère.

Ce jour, les visites étaient interdites. Et il y a un médecin qui m'a envoyé dans son laboratoire pour essuyer ma plaie puis me donner du «doliprane».

J'étais perdu. J'étais seul. J'avais le sentiment que la vie me tombait dessus. J'étais très en colère. Je ressentais tous les sentiments à la fois. Même actuellement où je m'exprime, je ressens en moi ces sentiments que j'avais en ce moment.

C'était une journée douloureuse. J'avais une seule idée en ce moment, mettre un terme à toutes ces souffrances. C'est ce jour que j'ai pris la décision de partir. Partir dans le désespoir en larme sans même savoir où j'allais exactement.

"Souvent nous n'avons pas la capacité d'encaisser le KO de notre vie mais il arrive que nous prenions des décisions difficiles que personne ne peut comprendre".

«Personne ne peut quitter cette vie sans avoir un jour ressentir la douleur ou l'injustice, mais certaines personnes doivent affronter beaucoup plus d'épreuve que d'autre. C'est comme cela, c'est la volonté de Dieu».

«On peut avoir l'impression qu'il n'y a aucune issu. On peut sentir le désespoir et l'impression que tout le monde s'en fiche. Certes, mais le châtiment n'est pas la réponse, abandonner n'est pas non plus la réponse. Nous devons trouver notre propre réponse et ça peut paraître au-delà de notre force. La seule chose à faire d'abord, c'est essayer».

La maturité ne s'installe pas selon l'âge, mais selon les épreuves de la vie. J'ai une certaine vision de la vie aujourd'hui et que je me demande si d'autres ont les mêmes ressentis.

J'ai donc décidé de partir pour ma protection.

La prise de décision

Après la dépression, la désillusion et le rejet, je me dis, j'aurais dû aller avec mon frérot. Je me dis, j'aurai peut-être une place là-bas à ses côtés. J'étais au bout de ma vie. Alors je décide de l'appeler au numéro qu'il m'a laissé car je ne voulais plus continuer.

A cette allure, j'étais prêt à tout. Alors tout.

Et si je restais, j'allais finir dans la délinquance, dans l'escroquerie, le banditisme, et le vol. Dieu seul sait le sort qui m'était réservé.

J'étais vraiment blessé. Pourtant je n'ai jamais voulu de tout cela.

Je ne voulais plus avoir à faire à ce monsieur, ma mère couchée à l'hôpital aussi. J'étais donc seul. J'étais mon propre maître, mon propre guide. Et toutes les décisions m'appartenaient. J'avais 15ans.

Alors je décide d'aller voir ma mère pour la dernière fois. Elle s'était endormie. Je lui fais un bisou sur les pieds "c'était un au-revoir".

Émotionnellement, j'étais brisé, j'avais mal à l'idée de la quitter. Mais je ne voulais plus revenir sur ma décision. Alors je prends les 10.000f (au chevet de son lit qu'elle a voulue me donner pour mon inscription à la rentrée scolaire) afin de financer mon trajet pour pouvoir rejoindre mon ami Hamed. 10.000f (environ 16 Euro).

Le parcours

Fin septembre 2015, à l'âge de 15ans. Je décide de m'en aller. Le pire dans l'histoire, est que, je ne savais pas où j'allais exactement. Jusque-là, je n'arrive pas à croire, comment le garçon timide que j'étais, j'ai pu avoir le courage de prendre une telle décision. J'étais très fragile.

J'appelle Hamed pour pouvoir le rejoindre. Il me dit, qu'il est au Mali. Comment faire pour me rendre dans ce pays ? Je n'avais aucune idée, vu que je n'avais jamais effectué un voyage auparavant. J'avais seulement 10.000fcfa.

Je vais à la gare pour prendre le car (le transport), afin de me rendre au Mali. Une fois à la gare, voulant prendre le billet, le monsieur à la caisse refuse de m'en donner un car j'étais mineur et je n'avais pas le droit, dit-il. J'appelle donc Hamed, lui expliquer la situation. Il parle au monsieur au téléphone. Finalement, il me donne un billet.

Ce fut un moment extraordinaire, car c'était la première fois que je sors de chez moi. Mon premier voyage.

J'étais étonné de voir dans le car, tout le monde était de bonne humeur. Je me souviens bien de ma voisine d'à côté. Elle était si rayonnante, souriante et pleine de vie. Ce fut pour moi une première expérience. Je ressentais que de la joie dans ce transport.

Il y avait une certaine cohésion entre les passagers. J'étais beaucoup attentif à chaque fait et geste, chaque mot, et chaque phrase employée. J'avais remarqué que certains ne parlaient pas les mêmes langues mais arrivaient à se comprendre. J'étais tout simplement émerveillé. Je profitais de l'instant présent.

Jusque-là, tout était parfait. On pourrait dire, mon cerveau était presque formaté, car sur le champ, je n'avais plus en tête mon vécu.

Mais mon champ de vision changea automatiquement quand ma pensée se dirigea à l'encontre de ma mère. Je m'imaginais toutes sortes de scène. J'avais toutes les hallucinations. Un moment, j'avais l'impression de la voir à travers la vitre. J'imaginais sa tristesse. Tout un coup, mes larmes ont coulés.

La seule phrase qui a pu sortir de ma bouche en ce moment, est "j'étais désolé Maman". J'étais vraiment désolé.

Après plusieurs heures de trajet, nous arrivons à un barrage. Je dormais (j'ai été réveillé par ma voisine d'à côté, et soudain je vois trois policiers rentrer dans le car et qui demande de sortir les cartes d'identités. Je n'avais pas de carte car je n'avais pas encore l'âge, mais j'avais ma carte scolaire.

Le policier prend ma carte scolaire et me demande: où sont mes parents ? Je réponds, j'allais chez mon frère au Mali.

Il me repose la question. Je dis tes parents, ton père et ta mère, où sont-ils ? Je ne savais pas quoi répondre, mes larmes commencent à couler. Alors je lui réponds, mon père est décédé et ma mère couchée sur un lit d'hôpital.

Sur le coup, il devient triste et me dit, beaucoup de courage à toi jeune. Me laisse alors passer.

Cinq minutes après, le car commence à partir, et le regard de la plupart des passagers me fixent. J'avais à la fois honte et j'étais triste.

Je constatais que de tristesse dans ces différents regards. C'est ainsi que ma voisine d'à côté a commencé à me réconforter. Elle devient si douce et tendre envers moi. J'étais apaisé. C'était une bonne dame. Gentille.

Dès lors, à chaque pose de route (les poses se faisaient là où il y a des ventes de nourritures, de chaussures et pleines d'autres choses) elle m'achetait à manger, m'achetait des biscuits et des bonbons. «Ma pensée se reflète directement au collège, lors des recréations ». Elle était malienne.

Pour finir, certains passagers, venaient partager leurs goûtés avec moi (bien-sûr je ne prenais pas tout). Je me sentais très touchés et j'étais très bien en ce moment.

Enfin, nous sommes arrivés au Mali. J'attends l'arrivé de Hamed pour rentrer. Stressé, angoissé. Il n'arrivait toujours pas. J'étais dans tous mes états. La dame me propose d'aller dormir chez elle s'il ne venait pas, et le matin on allait trouver une solution (il faisait nuit, environ 22h). J'accepte donc d'aller chez elle. Je passe la nuit chez elle.

Heureusement, elle reçoit un appel tôt le matin. C'était mon ami Hamed. Il venait me chercher.

Ce jour, pour la première fois, je mange un déjeuné. Je dors sur un lit (après plusieurs mois). J'avais quelqu'un pour s'occuper de ma blessure. Je l'oublierais jamais cette dame. Elle s'appelait Amina.

La vie au Mali

Après m'avoir cherché chez la dame Amina, nous sommes allés chez lui. La maison était vraiment bizarre (du genre une cabane construite avec de la boue). Je n'avais jamais vu une maison pareille.

Il m'a pris, nous sommes sortir visiter la ville (c'était à Bamako). Il m'expliquait comment étaient les habitants de là-bas, comment était la vie et comment se comporter avec les autres. Et il me demande qu'est-ce que je compte faire ?, je lui réponds, continuer mes études. Il dit OK, on verra.

Après nous sommes rentrés.

A notre retour de la maison, à ma grande surprise, je voir plus de monde que prévu (ils étaient environ huit personnes, avec nous, dix personnes au total). Il commence à me présenter à ses amis. Ils parlaient une langue que je ne comprenais pas trop bien, j'arrivais à comprendre certaines parties mais pas toutes car je parlais plus le français.

Ensuite, il sort la phrase « il fera partir du voyage ». Je ne savais pas pourquoi cette phrase. Je l'appelle de côté après, lui demande, de quel voyage parlais-tu ? Il me dit, on en parlera le matin.

Au couché, il y avait une grande natte (natte: pièce d'un tissu fait de brins végétaux entrelacés, sur lequel des gens dorment) pour tout le monde. 10 personnes qui dorment sur la natte. Ce n'était pas confortable bien-sûr mais c'était bien quand même, car il y avait du partage, de la cohésion et l'harmonie au sein du groupe. C'était le plus important pour moi et je me sentais très bien.

Le matin, j'étais le premier à me lever. J'arrivais pas à dormir parce que je n'étais pas habitué aux conditions auxquelles quelle nous sommes couchés. A vrai dit, je n'ai pas pu fermé l'œil de toute la nuit.

On mangeait une fois par jour. Chacun d'entre eux cuisinait à son tour. Ils me laissaient pas cuisiner car je ne savais pas le faire et j'étais le plus petit. Donc je lavais les assiettes avant et après les repas. L'ambiance était vraiment spéciale. La condition de vie n'était pas parfaite mais c'était vraiment agréable. Je le répète encore (c'est tout ce que je voulais).

Une semaine après. Hamed vient me voir, il me rappelle ce qu'il avait dit lorsque j'étais arrivé nouvellement « il fera partir du voyage ». J'avais oublié qu'on devrait en parler car il n'avait pas répondu à ma question.

Nous nous sommes assis (moi sur la natte et lui sur une table). Mon pied entre ses mains, entrain de masser avec du beurres de karité (pour la guérison de mon pied). Il me demande, Abdoul tu voulais aller à l'école ? Je réponds oui. Il me demande encore: donc tu veux réussir dans ta vie? Je réponds, mais oui pourquoi cette question? Il continu: est-ce que t'es prêt à tout pour réussir ? Je réponds, comment ça je suis prêt à tout ? Je ferais tout mon possible pour réussir voilà pourquoi je voudrais aller à l'école.

Il me pose encore la question: tu dors avec combien de personnes ici ? Je réponds, 9 personnes plus moi 10. Il continu encore et encore avec ses questions.

Il demande, les personnes avec qui tu dors, tu les a vu une fois prendre ses affaires le matin pour aller à l'école ?, T'as déjà vu des affaires de cours ici?, T'as déjà vu ne serait-ce un bic dans cette maison ? Je réponds, vraiment rien de tout cela.

Sur le coup, j'étais vraiment angoissé et inquiet. Je m'imaginais toutes sortes de choses. J'ai même pensé que peut-être ils font la vente des stupéfiants. J'avais toutes sortes de pensé à la fois. C'était stressant. Je retire ensuite mon pied entre ses mains (je ressentais plus de douleur). Je commençais à avoir du regret. Mes yeux commençaient à rougir.

Ensuite il me dit t'inquiète pas Abdoul, ça ne serais pas contre ta volonté ce que je m'apprête à te dire.

Il me dit. Abdoul, si nous sommes réunis ici, c'est pour un but. C'est parce que nous ne voulons plus continuer cette façon de vivre. Nous ne voulons pas être dans la rue pour devenir des délinquants. Nous n'avons pas envie d'agresser des personnes dans les rues etc... Il dit, Abdoul, nous avons un seul et unique objectif, aller en Europe. Vivre mieux.

Étonné, je lui demande, mais comment ? Vu que tu m'as si bien dit qu'il y a un manque de moyen financier. Il me répond avec le sourire, et dit: par la deuxième voie.

J'étais dans le flou. Il me demande ensuite, tu me fais confiance ou pas? Je réponds oui sinon je ne serais pas venu ici. Il dit bien petit, continu à me faire confiance.

Ensuite, il rajoute, je ferais tout pour que tu réussisses crois moi. Je ferais tout pour que tu continues tes études parce que moi je n'ai pas connu l'école et je suis content quand un enfant me parle de l'école.

Il commence ensuite à me raconter son histoire.

L'histoire de Hamed

Hamed faisait parti d'une famille de quatre personnes (sa mère, son père, son petit frère et lui). Il était l'aîné de la famille. Il était Ivoirien née au Mali, grandi en Côte d'ivoire.

Il avait 18ans quand il a perdu son petit frère lors d'une opération chirurgicale. Son frère avait 16ans. Pour lui, son frère était son plus grand ami. Il était son confident, son partenaire.

Son frère allait à l'école. Il devrait aller au lycée à sa prochaine année. Il avait obtenu son diplôme (le brevet).

Abdoul, tu ne peux pas comprendre mon chagrin depuis ce jour jusqu'à maintenant, dit-il.

«En instant, mon regard change car je savais pas qu'il vivait aussi mal. J'avais vraiment de la peine pour lui».

Il rajoute encore. Quelques mois après, ma mère décède, car elle n'a pas pu tenir le coup. Mon père dans son chagrin se noie dans alcool et il devient alcoolique.

Abdoul, j'étais perdu. J'en voulais à DIEU, dit-il. Je jure devant DIEU que je voulais me suicider. Mes pleurs ne suffisaient pas. Je voulais à tout prix rejoindre mes parents et mon père allait se débrouiller seul. J'avais pris ma décision, jusqu'à ce qu'on vienne me surprendre dans mes actes. J'étais désemparé. Je voulais juste la fin.

Hamed vivait dans la maison de ses parents. Seul, dans la solitude, dans la pitié, la colère et le chagrin.

Un jour, un huissier de justice vient fermer la porte avec le cadenas. Il se retrouve dans la rue en solitude.

Il m'expliquait l'histoire en larme. Il dit, Abdoul, je vais m'arrêter là je ne pourrais pas continuer. J'étais très touché par son histoire, par son état d'esprit, par son courage et son dévouement.

Le voyant, impossible d'imaginer qu'il peut avoir ce genre de vécu. C'est quelqu'un qui était remplir de joie de vivre, quelqu'un de très génial et gentil.

Continuant notre conversation. Il me dit, t'étais larmes le soir je tes vue, j'ai été très touché car tu m'as remémoré la mémoire ce soir, tu m'as vite fait penser à mon petit frère. Et quand j'ai demandé ton prénom tu m'as répondu Abdoul. Et tu sais pourquoi j'ai attrapé ma tête quand tu m'as dit ton prénom? Je réponds non. Il dit, parce que mon petit frère s'appelait Abdoulaye. Je me dis c'est pareil avec Abdoul. Donc voilà pourquoi je t'ai ramené à la maison car je voyais en toi mon frère. Dit-il.

« C'est ainsi que nos chemin se croise »

Pour revenir à la conversation du début « voulant aller en Europe». Il me rassure, disant, (Abdoul je voulais que tu viennes avec moi car je me sentirais très mal si je te laisse dans la misère que tu traverses. Crois moi petit, je serais ton cavalier. Tu es mon petit frère, tu es ma force, tu n'as pas à t'inquiéter, tu ne manqueras de rien petit tant que je serais là, te voyant je pense directement à mon petit frère (paix à son âme), je serai ton guide, je paierai notre parcours, je te protégerais des mauvaises personnes, je ferai en sorte que tu puisse avoir ta place dans la société, je serai toujours prêt de toi. Etc...). Donc pour cela, suis-moi et te pose pas de question. Fais-moi confiance. Je ne veux que ton bien petit frère.

Après m'avoir dit tous ces mots. J'étais surpris, puis je suis resté bouche ouverte. Ses mots ? Je ne les oublierai jamais. Alors jamais.

Tel qu'il avait dit « suis-moi et pose pas de question ». Je n'ai plus posé de question. Je l'ai donc suivi, et j'étais très content de l'avoir connu. C'était un vrai ce gars.

Je ne pourrais jamais m'imaginer un jour que quelqu'un pourrais vouloir à tout pris ma réussite, mon bonheur. Dans mon cœur, j'avais enfin ma vraie famille. J'étais tellement heureux d'être avec lui.

Il arrive un moment dans la vie où nous savons exactement ce que nous voulons, mais surtout ce que nous le voulons plus.

En ce moment précis, je savais ce que je voulais enfin. Encore plus, ce que je ne voulais plus. J'avais renié mon passé, et je regardais mon futur dans un miroir.

En ce moment, je voulais me procurer cette place dont j'ai toujours voulu et mettre une croix à mon passé (même si cela s'avère difficile à cause de ma mère).

Tu ne peux pas faire la même erreur, car la deuxième fois, ce n'est pas une erreur, c'est un choix. Je ne voulais plus faire l'erreur de retourner chez moi. Ma mère était très vulnérable et ne pourrait plus me venir en aide. J'étais seul.

Comme le dit, John « Le succès est une décision. Décidez ce que vous ferez de votre vie, sinon quelqu'un d'autre le fera pour vous ».

C'est ainsi que se termine la conversation. Ensuite, il m'informe que le voyage aura lieu dans deux jours.

Deux jours après. Jour du voyage. J'étais stressé au fond mais je donnais la bonne impression pour faire croire que tout allait bien. Je décide de le suivre car j'avais vraiment confiance en lui. Mon instinct me guidait aussi.

Nous avons pris tous nos affaires pour sortir. Et on allait directement au Niger passant par le Burkina Faso.

Du Mali au Burkina Faso

A ce passage, je n'arrive pas à bien remémorer la mémoire (il y a des épisodes qui m'échappent).

Mais mon plus beau souvenir était de voir pour la première fois le désert (ça été une découverte pour moi après avoir assisté au cours Histoire-Géo). J'étais très curieux.

Malheureusement quand il y a un beau souvenir forcément il aura un de mauvais. Le mauvais, c'était la misère que vivaient ces personnes. Des conditions de vie qui sont inexplicable (pour mieux comprendre faudrait s'y rendre)

« Il y a des événements qui s'expliquent pas mais qui se vivent ».

Au-delà de ces souffrances, on sentait une reconnaissance de vie envers DIEU (se satisfaire de vivre, profiter de son souffle de vie) et c'était la force de ces personnes. Là-bas tout le monde est au même pied d'égalité.

Après une demie journée de route (en car), nous arrivons enfin au Burkina Faso. Et 1h de pause environ, on reprend le chemin pour Niger. C'est là que commence les difficultés.

Du Burkina Faso au Niger

Après avoir pris le chemin (en car). Des heures plus-tard. Au milieu de la route (entre le Burkina et le Niger). Nous avons été victimes d'une agression (un braquage). Le car était rempli de plusieurs types de personnes (des commerçants, des touristes, des familles et des femmes enceintes).

Ces personnes nous ont dépouillés. Ils nous ont

tout pris, tout ce qu'on avait (téléphone, argent, bijoux de la femme enceinte, des marchandises etc...). Ils ont même violé une femme mariée (c'était vraiment déplorable). Son mari vulnérable n'y pouvait rien contre. Ces personnes étaient armées et portaient chacun un masque (comme on le voir dans des films). Tout le monde en pleurs.

Heureusement pour nous, l'argent du parcours avait été déjà financé à l'avance (ils avaient déjà quelqu'un en correspondance depuis le début du voyage). C'est après cela j'ai été informé par Hamed que le trajet avait été payé.

Les personnes qui reçoivent ces chèques en distance sont appelé « Coxeur ». Ce sont ces personnes qui sont au-devant de tout. Qui ont plus de connaissances. Plus d'expériences. Qui sont à la fois nos collaborateurs.

Après le départ des braqueurs. Nous avons repris le chemin. Nous sommes arrivé au barrage qui sépare les deux pays.

Les autorités nous ont tous déshabillés (tous les hommes sauf les femmes) pour nous fouiller. Ensuite, demandé notre identité. Je n'ai pas été dans le lot des personnes qui ont été arrêté car j'avais ma carte scolaire (j'étais considéré comme élève et j'étais mineur). J'ai donc été accompagné avec les femmes dans le car.

Trois personnes ont été arrêtés dans notre groupe car ils n'avaient pas de carte d'identité (heureusement pour moi Hamed ne faisait pas partir) et ont été ramenés jusqu'au Burkina. Nous avons ensuite continué le chemin.

Nous sommes enfin arrivés au Niger (précisément à Niamey) le soir. Mais le voyage n'étais toujours pas terminé car on devrait allé à Agadez (la frontière entre le Niger et la Libye). Nous avons donc passés la nuit à Niamey.

« le temps de trajet entre Niamey et Agadez est estimé à environ 15h. Dans le désert ». Pourtant c'est le même pays.

En ce moment, j'en avais marre de tout (la succession des voyages, les fatigues, les agressions etc...). J'étais vraiment agacé. C'est ainsi que j'ai appelé Hamed pour lui demander où on allait au juste ? Il me répond : je croyais tu ne devrais pas poser de question. Et me dire t'inquiète quand on sera à Agadez je t'expliquerais tout au détail. Je réponds: OK.

Le matin, au environ de 6h nous avions repris le chemin pour Agadez (toujours dans le car).

Après des heures de trajet, le « car » tombe en panne. On reste quelques jours attendre le réparateur. On avait presque plus d'eau. L'avantage est qu'on s'entraidait beaucoup pour survivre.

En plein porte du désert. J'étais plus rassuré. Je commençais à avoir des doutes, du regret et de la déception.

Heureusement, le réparateur arrive à temps. Sinon, dans le cas contraire, je ne serais pas en vie aujourd'hui.

Après la réparation du « car », et plusieurs heures de trajets, nous arrivons enfin à notre destination (Agadez)

Je n'avais jamais vu ou entendu une telle condition de vie aussi pitoyable à la fois insupportable.

Le changement de température. Le vent il est très chaud et très sec. D'où on assiste à un problème respiratoire. La ville remplie de sable. En pleine porte du Sahara.

Les gens vivent mal. On ne peut le savoir si l'on ne sort pas pour le découvrir. Et même si on le découvre, on ne peut l'expliquer car il est inexplicable.

On nous a ramené dans un «ghetto». La plupart étaient des Maliens. A vrai dit, je ne voulais plus continuer. Je voulais rentrer chez moi et vivre la malheureuse vie que j'avais.

Au « ghetto» où nous étions, au fond du couloir. J'ai vue des gens enfermés dans un hangar et attachés. Paniqué, je demande quelqu'un à coté, il me dit: c'est ceux qui essaient de s'échapper qui sont traités de la sorte. Immédiatement je cours voir Hamed pour lui dire STOP. Je peux plus continuer, je veux rentrer à la maison (j'étais en larme). Il me dit: c'est plus la peine. Et me demande si je voulais finir comme ces gens (ceux enfermés)? De là, je continue toujours de pleurer. Je ne savais plus quoi faire. J'étais très déçu.

Heureusement, nous sommes arrivés un vendredi soir. Et les départs étaient tous les lundis soir. Comme ils avaient déjà payés depuis le début, on était donc dans le groupe de ceux qui devait partir le lundi. Mais moi je voulais à tout prix me retourner. Je ne voulais plus continuer.

Pour cela, j'ai fait comprendre à Hamed que je ne voulais plus. Ensuite, il est allé voir le « Coxeur » lui disant que je ne voulais pas continuer et donc fallait qu'il trouve un moyen pour me faire retourner le plus rapidement possible. Le Monsieur lui répond que tout argent déjà payés n'est plus remboursable et que pour le reste je devrais me démerder. Donc si je veux me retourner, je dois travailler là-bas (à Agadez) afin de pouvoir payer mon transport retour.

Pourtant, il sait très bien qu'il n'y a pas de travail chez eux. Aussi les personnes comme nous sont recherchés. Alors comment faire ? J'étais confronté à la vie. Je n'avais plus le choix. Le choix, je l'avais au début. Maintenant je devrais assumer. C'était ça ou rester enfermer comme des gens j'ai trouvé dans la cage.

Alors j'ai décidé d'assumer mon choix (suivre

Hamed plutôt que de rester mourir dans cette cage).

Le lundi, jour du départ. dans la journée, Hamed m'appelle (on était assis sur des briques). Il me demande: Tu sais où on va maintenant Abdoul? Je réponds mais oui, tu me l'as déjà dit (en Europe)

Il me redemande à nouveau: Comment? Je ne savais pas quoi répondre. C'est en ce moment j'ai été informé que je devais sacrifier ma vie si je voulais vivre libre. Si je voulais continuer mes études. Si je voulais vivre autour des personnes qui pourraient m'apporter goût à la vie. Pour cela, je devrais passer par la mer méditerranée.

A vrai dire j'étais paniqué. Toutes les nouvelles me venaient à la fois. Le pire est que je ne pouvais plus revenir en arrière. J'étais (si on peut le dire) Coincé.

J'ai vraiment été naïf de ne pas penser à cela au départ quand il m'a parlé et c'est maintenant je comprends cette naïveté. Je me dis aussi, "c'est peut-être la succession des périodes difficiles qui m'ont rendu si aveugle".

J'avais donc plus le choix que de les suivre. Mais avant tout, j'ai essayé d'appeler ma maman sur son numéro, malheureusement elle était sur répondeur. Je voulais lui dire un au-revoir définitif car je connaissais la gravité des risques en ce moment.

Je me souviens de ce passage comme si c'était aujourd'hui. J'assumais juste les décisions que j'avais prises depuis le commencement.

Comme le dit Mhairi McFarlane dans son passage «La vie est faite de décisions. Vous faites des choix ou on les fait pour vous, mais vous ne pouvez pas les éviter».

Je me rends compte aujourd'hui que c'était ma destinée donc je ne pouvais pas l'éviter.

Nul ne peut éviter sa destinée, car tôt ou tard ça arrivera qu'on le veuille ou pas.

Avant le soir du départ, chacun s'achète un maximum de gros bidon vide, pour ensuite les remplir d'eau car il arrive des fois que certains meurent de soif.

L'embarquement (pour le départ vers la Libye) était prévu aux environs de 2h du matin. Au moment où les gens dorment, dans le noir, dans la discrétion absolue pour éviter l'attention des autorités.

Trois jours après notre arrivé à Agadez. Nous voici encore partis pour un autre voyage. Le départ vers la Libye (c'était un Lundi à 2h du matin). Je ne me souviens pas trop de la date exacte. Mais c'était en octobre 2015.

Ce jour, nous étions une vingtaines de personnes de tous âges et de tous sexes (hommes, femmes, jeunes, enfants, bébé et femme enceinte).Tous dans un « mini camion». Tous pour un seul but. Rentrer en Libye.

«Ce jour restera à jamais aggravé dans ma mémoire».

Le désert

La vie a ses réalités certes, mais la réalité du désert

en est une autre. Ses difficultés ne peuvent être expliquées en entier. Elles se vit.

Il faut au minimum trois jours dans le désert avant d'arriver en Libye. Trois jours de cauchemar. Trois jours de regret et de déception.

Dans ces trois jours, une seule erreur nous conduit probablement à une mort certaine. Chacun s'inquiète pour sa survie.

Mon plus grand avantage de ce parcours est que j'avais à mes côtés un ange gardien. Que dire de ce monsieur « Hamed ».

Au désert, l'homme perd toutes ses valeurs fondamentales puisqu'il est guidé par l'instinct de survie ce qui le rapproche plus d'un animal.

On ne parle plus de dangers ou de risques encourus car on est à la limite de la déshumanisation. C'est une zone de toutes atrocités.

C'est le lieu où l'homme est capable de commettre le pire envers son prochain.

Au fur et à mesure qu'on avançait dans le désert, on apercevait des cadavres partout ou même des fois rempli de sable (ces cadavres qu'on voyait étaient ceux qui venaient de perdre la vie nouvellement, aussi nous n'étions pas encore au centre du désert, dans le cas contraire on aurait jamais pu les voir), d'autres en agonie.

Tu ne peux rien faire pour leur venir en aide de peur dy rester. La seule chose à faire en ce moment, c'est de prier pour eux afin que DIEU puisse les pardonner. Sans oublier de prier pour ta propre survie car on ne sait pas si tu pourrais être le prochain a lâcher prise au vue de la forte fraîcheur, de la soif , de la douleur et plein d'autre chose.

C'est le désert, dès que tu soulèves les pieds, le vent efface tout de suite les traces. Donc si tu as une envie pressante de pisser, tu ne peux que pisser directement dans ton pantalon.

Après un jour de route (le premier jour ça va car il y a encore de l'énergie et beaucoup plus d'eau en réserve), nous étions fatigués.

Il (le guide) nous a donné 15mn de repos environ. Après ces 15mn nous reprenons encore la route pour 24 heures sans s'arrêter.

24 heures sans dormir au risque de tomber du camion. L'accumulation des fatigues, la peur, la déception, le regret et bien d'autres arguments sont

les principaux soucis que chacun rencontre.

En ce moment, chacun oublie ses soucis et même sa destination, et la seule chose qui reste à l'esprit c'est, est ce que je vais m'en sortir ? Ou si je reste ici, DIEU pardonnera-t-il mes péchés ?

Immédiatement l'idée de la mort est présente dans la mémoire de tous. Tous fauché moralement et mentalement. C'est comme cela et c'est naturel. L'enjeu devient grandiose car nous sommes au cœur du surnaturel.

Il n'existe personne qui ne peut regretter sa venue. Tous à la ramasse. Mais le problème est que personne ne peut se retourner encore. Quand c'est parti, c'est parti. Plus de marche arrière.

Je me souviens lorsque l'un de nous était tombé du

camion, en plein milieu du désert. Heureusement pour lui "le guide" était de bonne humeur, dans le cas contraire, il ne s'arrête jamais pour ce genre d'accident. Ce qu'ils disent habituellement, c'est: « Que Dieu ait pitié de ton âme ».

Bien avant le départ, il nous donne leurs consignes. Du genre « Chacun pour soi Dieu pour tous ».

Dieu devient l'ami fidèle de tous. Tout le monde le prie afin qu'il vienne en aide.

Après deux jours de route. Heureusement pour nous le «camion» n'est pas tombé en panne et nous étions presque arrivés à notre destination.

Il restait un peu d'eau en réserve mais pas trop. L'essentiel est qu'on pouvait tenir jusqu'à l'arrivé. Les soucis était pour la femme enceinte car avait fait une malaise. C'était vraiment horrible à voir.

Tel que je l'ai si bien dit « On a été chanceux que le Camion n'est pas tombé en panne ». Parce que beaucoup n'ont pas eu cette chance. Je le dis car au départ, il y avait environ douze convois sur la route. Mais à l'arrivé, il en restait que sept à huit.

Alors la question que je me pose jusqu'à ce jour, où est passé le reste des convois? Sont-ils toujours en vie? Ou alors ont-ils décidé d'emprunter une nouvelle route? Le seul qui possède les réponses c'est Dieu.

Une chose est sûre, le désert est un cimetière dans l'espace.

Il n'existe pas de chiffres exacts sur le nombre de victime sur cette traversée.

On compte le nombre de décès que ce soit en méditerranée ou dans d'autres circonstances. Mais impossible de connaître le nombre de victimes dans le désert.

Le drame qui se passe en mer est visible. Par contre, en ce qui concerne les drames qui arrivent dans le désert, la situation devient différente.

La seule phrase positive que je pourrais dire à propos du désert, est qu'il était magnifique et très splendide. Surtout le Sahara proche de la Libye.

A savoir que tout ce qui est magnifique a toujours des conséquences.

Après avoir passé trois jours dans le désert, nous arrivons enfin en Libye. En sachant que tout était terminé. Mais non. Ce n'était que le début des souffrances.

La vie en Libye

Lorsque nous sommes arrivés, la première des choses qui nous a donné le sourire, est que, quand chacun regardait le visage de son voisin (tout le monde avait le visage rempli de sable, changement de teint etc...), connaissant les visages du départ et voyant les transformations. On ne pouvait que rigoler. C'était vraiment marrant.

Le sourire est enfin revenu, c'est ce moment qu'on commençait à reprendre notre esprit. Ça nous a fait du bien. Mais attention il ne faut pas rigoler à l'avance.

Nous étions à l'entrée de la Libye, précisément

dans une ville nommée «Benghazi». Ce n'était vraiment pas le calme dans cette ville. On entendait beaucoup de fusillade partout. On ne pouvait pas sortir s'acheter à manger car celui qui se faire avoir allait soit en prison ou se faire abattre. Alors nous sommes restés deux jours sans sortir, donc sans manger.

La maison où nous étions appartenait au « coxeur » (celui qui s'occupe de tous nos trajets).

Les « coxeur »: Ce sont bien évidemment les personnes à qui on donne de l'argent au début pour assurer l'ensemble des trajets. Ils ont un réseau commun, disons beaucoup de relation dans des endroits où nous voulons aller. Ils sont connus sur ce nom « Coxeur ».

Lorsque nous sommes arrivés en Libye, nous avons été accueilli par un autre "coxeur", c'est cette personne qui nous logent en attendant la suite du trajet.

Deux jours sans manger. Le troisième jour, le monsieur qui nous logeait nous a enfin ramené de la nourriture, puis nous informe qu'on devait continuer notre trajet le lendemain "c'est à dire aller dans la prochaine ville qui est proche de Tripoli". L'objectif était d'arriver à Tripoli et la prochaine ville était Zaouïa.

Jour du départ. Il y a des jolies «Mercedes» toutes noires qui sont venues nous chercher devant la porte.

La consigne était claire. Toutes les femmes se voilent et les hommes se couvrent au maximum car nous étions dans un pays musulman. Donc ne surtout pas se faire remarquer, au risque de tout perdre et aller en prison.

Nous étions partagés par quatre dans les voitures.

« Le confort de ces voitures, leurs niveau d'équipement supérieur et les perception de qualité extraordinaire nous amenaient à croire que c'était la fin des souffrances pour les trajets futurs ». Comme on le dit "ne jamais célébrer la victoire avant la fin de la rencontre".

J'étais dans la même voiture que Hamed et deux autres femmes (la femme enceinte ainsi qu'une autre).

La chose la plus effrayante a été l'arme que possédait le chauffeur. Elle était posée sur son pied en pleine conduite. C'était vraiment flippant. C'était la première fois que je voyais une arme en réalité.

Nous avions effectué sans doute le plus beau de nos trajets (sans contrainte, moins de stress, plus de confort...). C'était vraiment excellent. Nous sommes alors arrivés à notre destination en joie.

Au soir de notre arrivé, la nouvelle tutelle nous réunit et commence à nous expliquer les consignes. En fait c'était simple: vivre ou mourir pour la suite du trajet. J'avais tellement peur.

Notre future destination, Tripoli. La ville finale. Là où tout se passe. Qui est aussi la ville la plus dangereuse de la Libye.

Une fois, vous avez à l'idée de tous ces trajets que vous avez effectués, et que vous apprenez par la suite qu'il ne reste qu'un voyage à faire avant le grand voyage pour pouvoir rentrer en Europe. Je vous assure que le reste des trajets devient de plus en plus excitant pour vous. Sur le champ, vous oubliez toutes vos difficultés passé et futur, la seule chose qui vient dans vos esprits est qu'enfin, c'est bientôt la fin. C'est ce que je ressentais en ce moment.

Jour du voyage pour Tripoli. La donne avait changé car ce n'était plus les Mercedes mais plutôt un fourgon pour tout le monde.

C'était tard dans la nuit, on était cachés pour pouvoir rentrer dans la capitale. Il y avait trop de contrôle. En plus de cela, le pays n'était plus stable. Tout pouvait se passer à tout moment sans que personne n'intervienne. Étant dans le fourgon, on entendait que des fusillades. On avançait dans l'ignorance sans savoir si oui ou non nous étions ciblés, ou si c'était la fin de nos parcours. Je n'étais pas dans la pensée de tout le monde mais je ressentais en chacun la même peur que j'avais.

Nous étions environ 25 personnes dans ce fourgon

(hommes, femmes, enfants, bébé, femme enceinte), chacun priait pour sa survie. Ce n'était vraiment pas joli à voir.

Plusieurs temps de trajet, nous arrivons enfin à Tripoli.

Comme le dit Jacques Ferron, **c'est à la peur qui surmonte qu'on mesure le courage.** C'était vraiment courageux tout ce qu'on a du faire. Malgré la peur, nous n'avons jamais pensé à dire STOP. Même si l'on savait c'était trop tard pour le dire, mais l'essentiel est que nous avons préféré cacher cette peur que nous avions eu durant nos précédents parcours.

Une fois à Tripoli, on nous conduit dans une grande cour rempli de personnes. Plus de deux cents personnes dans le même lieu, entouré de clôture avec deux logements.

Dans ce lieu, nous étions partagés en plusieurs groupes selon les origines. Il y avait au moins un représentant de chaque pays de l'Afrique.

Il y avait des Ivoiriens, Maliens, Camerounais, Nigériens, Nigérians, Congolais, et plein d'autre pays venant d'ailleurs.

Le règlement était de manger une fois par jour. Trois représentants de chaque pays étaient désignés pour cuisiner pour ses congénères. Chacun cuisinait à son tour et tout le monde devrait cuisiner sauf ceux qui étaient mineurs. Notre rôle était de nettoyer les assiettes.

Ce genre de vie nous amène à comprendre la vraie vie.

On était tous rassemblés dans un seul but rentrer en Italie. Mais avec de différentes causes qui nous ont permis d'être là. Pour certains mettre fin à la souffrance, avoir une vie meilleure, fuir ses difficultés, éviter d'être la honte de la famille etc... Pour d'autre, être libre et s'assurer un avenir meilleur.

On se réunissait chaque soir autour du feu, et chacun racontait son histoire et ses projets une fois en Europe. En écoutant l'histoire de certain, tu te dis mais tu n'as rien vécu contrairement à ces personnes. En fait, c'était chacun son histoire et sa souffrance. La souffrance, c'est très rassurant ça n'arrive qu'aux vivants. Nous étions parmi les vivants.

De là où nous étions, on entendait le bruit de la mer. C'était la Méditerranée. Bizarre mais le pire n'était pourtant pas la mer mais plutôt notre quotidien et ce qui nous attendait si on se faisait arrêtés par les autorités Libyens. Soit la prison ou la mort.

La vie en prison d'un jeune Malien

Je me suis vu mourir. Je ne pensais pas sortir un jour de ce trou. J'avais confié ma vie à Dieu. J'ai vue des gens mourir devant moi. J'ai assisté à plusieurs séances d'exécutions. Des gens sont devenus fou et moi, moi j'ai survécus. Je ne sais comment c'est arrivé mais je me suis vu dehors au milieu des gens qui fuyaient dans tous les sens.

En prison, on nous demande 200 Dinar pour être libre. Ils nous donnent un téléphone pour appeler nos parents afin qu'ils envoient les sommes demandées. Ceux qui n'ont pas ces sommes se faisaient abattre, car ils disaient que cette personne n'est plus importante aux yeux de ses parents donc inutile de laisser en vie.

Pour ceux dont le numéro ne passe pas, ils leur donnent deux jours de chance, de réflexion afin qu'ils puissent trouver un numéro valide pour pouvoir payer leurs dettes. Une fois ces deux jours passés et que le numéro ne passe toujours pas, ils (les libyens) allument cinq bougies et donne à cette personne.

Les bougies ne doivent pas s'éteindre ou dans le cas contraire ta vie s'arrête là en même temps que ces bougies. Donc tu dois faire en sorte qu'elles ne s'éteignent pas, aussi prie que ton numéro puis passer. Beaucoup ont été exécutés face à cette situation.

Pour ceux dont le numéro passe et que leurs parents n'ont pas la sommes demandée mais peuvent en avoir si peux. Ces personnes sont vendues à d'autres libyens pour travailler. Et s'ils n'ont pas les nouvelles des parents de cette personne, automatiquement ce dernier est destiné à mourir après ses travaux en cours (elle sera exécutée sur le champ).

Le jeune Malien faisait parti de ces lots. Heureusement pour lui, il est tombé sur une bonne personne (la personne qui l'a acheté pour faire ses travaux). Il n'avait plus les nouvelles de celui qu'il avait contacté lorsqu'il était en prison car ce n'était pas ses parents, plutôt l'un de ses amis dans son pays d'origine. Le libyen auquel il était sous la responsabilité l'a alors laissé partir après avoir finir de travailler. Le Monsieur lui a aussi donné de l'argent pour qu'il puisse s'acheter à manger. Dit-il: C'était le plus beau jour de ma vie me voyant échappé à la mort. Et lorsque je suis sorti de la cour, je voyais des personnes qui courraient dans tous les sens. Je ne savais pas ce qui se passait mais j'ai fait comme eux, c'est à dire fuir sans savoir où j'allais exactement. Dit-il: C'était un truc «de ouff». Je ne dirais jamais même à mon pire ennemi d'emprunter cette route. Non jamais.

C'est un Pays où si tu ne veux plus te sentir humain tu peux venir mais le cas contraire c'est mieux d'être chez soi. C'est ainsi que finit son histoire.

De la Libye en Italie

Jour du premier départ. C'était un Lundi. La première fois que je voir ce Monsieur "Coxeur" (celui qui s'occupe de tous les voyages). Ces personnes on ne les voir jamais. Ils sont tellement imprévisibles.

Lorsqu'il est arrivé, ils ont mis tout le monde en rang. Puis, il a commencé à faire l'appel et les décomptes. Après avoir fait tout cela, il a pris la parole et a dit: mes enfants c'est le grand jour, le jour temps attendu par chacun de vous, le jour où vous connaîtriez vos sort, le sort soit entre la vie ou la mort. Donc laissez derrière vous tous vos chagrins passés, vos différents, et vos soucis. La chose à la quelle vous devriez avoir à l'idée, c'est vivre l'instant présent. C'est aujourd'hui ou demain car le reste DIEU l'a déjà décidé. Bonne chance à tous et que DIEU vous accompagne. "Fin de sa prise de parole".

Après, ils nous ont départagés en deux grands groupe. Je n'étais pas dans le même groupe que Hamed au départ. Mais il l'a signalé qu'il devrait être absolument avec moi dans le même groupe. Ils ont alors accepté d'échanger quelqu'un de notre groupe puis Hamed m'a rejoint.

C'était au environ de 1h du matin. On avançait tout droit vers la mer. C'était le silence absolu. On pouvait même entendre une mouche volée. Normal car on se dirigeait vers la mort ou la vie (soit 20% la vie et 80% la mort). C'est vraiment dingue mais c'est la réalité et c'est comme cela.

Une fois arrivé à côté de la mer, mon cœur battait tellement vite. Immédiatement je dis à Hamed je ne peux pas. Je ne peux pas. Je ne peux pas Hamed et je commence à pleurer. Le libyen à coté sort son arme puis me dit, je t'entends encore je raccourcir ta vie. Je me taire mais je continue de pleurer dans mon cœur. Mes larmes continuent de couler encore et encore. Soudain ils sortent un zodiac.

Normalement ce type de Zodiac prend au maximum 20 personnes. Mais nous étions plus de Cent personnes de tout âges, de tout poids et de tout physiques.

Dans le Zodiac, il y a une personne qui est désigné comme capitaine (qui conduire le Zodiac) et un autre comme le bous solier (qui guide et qui défini les trajectoires). Ces personnes sont désignés selon leurs expériences vécu et les différents tâches dont ils ont du effectuées auparavant.

Nous étions donc installés, disons plutôt regroupés dans le Zodiac et très coincé. Le capitaine met le moteur en marche et le Zodiac commence à avancer.

Après à-peu-près 15minutes de trajet sur la mer. un énorme rebondissement est arrivé. Le moteur s'est arrêté, il n'avançait plus, puis s'est éteindre. Je pense que mon cœur s'est vu arrêté pendant un moment. Je crois que je n'étais pas le seul à avoir cette crise.

Nous étions arrêtés au milieu de nul part sur la mer. On entendait les gouttes d'eau puis les vagues. Ça faisait tellement peur. Ma mère était la seule personne à qui j'ai pensé immédiatement lors de cet événement car c'était ma seule raison de vivre. J'employais sans cesse ce mot: je suis désolé maman, désolé, désolé et désolé. Désolé de t'avoir abandonné. Je n'avais pas le choix, je devrais partir pour me protéger. Désolé encore et encore maman. Et j'ai terminé avec, mon Dieu pardonne moi.

Quelques temps plus tard, le Zodiac se remet en marche mais le capitaine nous apprend qu'il manque d'huile dans le moteur, donc on devait faire demi tour sinon, c'était la mort assurée.

Alors nous avons fait demi tour puis appeler le "Coxeur" pour qu'il vienne chercher le zodiac. Le voyage a été annulé. Heureusement pour nous, nous n'étions pas trop éloigné des côtes. J'étais tellement heureux de mon retour.

Le jour du voyage, tel que je l'avais dit "il y avait

deux groupes". On apprend le lendemain que le deuxième groupe a pu rentré en Italie. On était tous contents mais à la fois triste car on aurait pu être avec eux.

Avant le lever du jour, j'appelle Hamed lui dire que je ne vouvais plus y aller (je ne pouvais vraiment pas supporter). Il me dit: "comme d'habitude" tu veux toujours arrêter. N'as-tu pas appris que les autres sont rentrés? Alors qu'est-ce que tu veux à la fin? Rentrer chez toi? OK tu vas rentrer. Il était très en colère contre moi. Soudain l'adjoint au "Coxeur" rentre dans la chambre, il dit au monsieur que je voulais abandonner mais le monsieur lui répond que c'était plus la peine. C'était trop tard pour décider. Le voyage était prévu le lendemain. C'était un mardi.

Jour du deuxième voyage. Comme dans la tradition (se mettre en rang, faire les décomptes, avoir une prise de parole, puis avancer tout droit vers la mer). C'est en faite des moments forts. Ce moment a vraiment marqué ma vie.

Une fois installé dans le Zodiac, tout était normal. Je crois la peur qu'on avait au premier voyage n'étais plus la même que celle du deuxième. Il y avait un sentiment de victoire avant la fin de la rencontre. On était confiant. Chacun faisait ses prières de sortes que cette fois soit la bonne. Mais j'avais peur.

Après environ une heure de trajet. Le capitaine prend la parole et dit: chers frères et sœurs, là où nous sommes arrivés, il n'y a plus de retour possible en arrière, avancer ou avancer. Plus le choix de retourner. Genre, la mort ou l'Europe. Et il finit par rassurer les gens, disant vous ne vous inquiétez pas les amis, nous avons 85% de réussite à présent. Nous sommes en route pour les eaux internationales. Pendant ce temps moi je vomissais encore et encore à cause de l'odeur de l'essence présent dans le Zodiac.

Plusieurs temps après, le bous solier aperçoit un gros bateau tout blanc qui était très loin de nous. Il montre du doigt à ceux qui étaient assis au tour du Zodiac. En même temps les gens commencent à sourire. Tout le monde était dans la joie car c'était bien le bateau de sauvetage. C'était les Italiens.

L'eau dans quelle nous étions arrivée était tellement bleue. C'était très beau à voir. Il y avait le soleil qui brillait l'eau et on voyait les dauphins nous accompagner vers les secours. C'était l'eau internationale. C'était l'Europe.

Quelques temps après, on voyait venir les petits bateaux de sauvetage. Sur chaque bateau, il y avait le drapeau Italien (Vert, Blanc, Rouge). Lorsqu'ils sont arrivés à nos côtés, ils ont demandé d'abord de sortir les enfants de moins de 6ans, puis les femmes enceintes, ensuite les autres enfants de moins de 18ans et pour finir les adultes. C'était tellement professionnel et correct.

Ils ont réussi à sauver tout le monde sans exception. On était tellement heureux d'avoir réussi. Je n'arrivais pas y croire. J'ai appelé Hamed et je les pris dans mes bras en joie. Il m'a dit ceci: reprend ta vie et laisse le passé au passé car je croire en toi pour un futur meilleur. Tu m'as dit tes études en premier donc c'est déjà bien fiston. Les études et les diplômes ensuite tu pourras me remercier. Il rajoute: je suis heureux et pour toi et pour moi car je suis fier de ce que j'ai pu faire. Pour moi je viens de sauver mon petit frère qui m'a quitté il y a longtemps. Ce petit frère c'est toi. Donc je compte sur toi fiston.

Nous avons passés toute la journée sur le gros bateau en direction de l'Italie. Nous sommes arrivés le lendemain en Italie, c'est à dire le mercredi 23 décembre 2015 arrivé sur le territoire Italien. Un jour inoubliable.

L'entrée en Italie

Étant dans le gros bateau. J'ai remarqué que la mer Italienne était différente de celle de l'internationale et de la Libye. Elle était de couleur verte. C'est quelque chose que m'intriguait beaucoup. Enfin bref, nous sommes arrivés en Italie après une journée passée en mer.

Lorsque nous sommes arrivés. On est descendu du bateau et il y avait plusieurs bus qui nous attendaient à l'arrivée. Sans oublier les journalistes, je me croyais "dans un film" tellement c'était inimaginable pour moi tout ce qui se passait. C'était à Sicile.

On nous a départagé dans les bus selon l'âge et le sexe. C'est le jour où je devais quitter mon bien aimé, mon protecteur, mon ami Hamed (je dirais plus mon grand frère malgré que nous ne sommes pas du même sang). Avant de se quitter il a commencé à me rappeler mes objectifs. Puis m'a serré dans ses bras. Depuis ce jour jusqu'à maintenant, je n'ai plus eu de ses nouvelles. Chaque jour, je passe mon temps sur Facebook à faire des recherches dans l'espoir de le retrouver. Mais hélas toujours pas de nouvelles.

"Il y a des moments où l'on éprouve un désir terrible de revoir les êtres que l'on a perdu de vue, on voudrait se retrouver dans un lieu tout à fait solitaire pour pouvoir les appeler à grands cris". C'est ce que je ressens depuis ce jour jusqu'à maintenant.

Pour poursuivre l'histoire, on a été très bien accueilli par les italiens. J'ai dû être hospitalisé à cause de ma fracture. J'ai eu deux mois de traitement pour être en pleine forme. Tout s'est bien passé sauf que les cicatrices sont restées. J'ai pu reprendre mon foot.

Deux mois après avoir quitté l'hôpital, j'essaie d'appeler ma mère pour lui annoncer la nouvelle. Malheureusement son numéro ne passait pas. J'ai insisté, ré-insisté et persister je n'arrivais pas à la joindre. Je n'arrivais pas à dormir car je m'inquiétais tellement. Vu la situation dans la quelle je l'ai quittée je n'avais plus d'appétit. C'était la seule personne qui me restait dans ce monde.

Trois mois après mon arrivé en Italie, je dis aux éducateurs que je souhaiterais poursuivre mes études comme prévu. La dame me répond que ce n'était pas possible maintenant car déjà il faut avoir une bonne maîtrise de la langue italienne (ce qui est logique), aussi aller dans une école publique italienne serait très compliqué à cause de l'image que je porte donc je devrais me contenter des cours qu'ils nous donnent tous les soirs. Chose que je n'avais pas prévu donc je me renseigne auprès des personnes, aussi sur le net si c'était pareil pour la France.

Mes idées vont directement sur la France car je parlais que le Français. Alors c'était le plus adapté à mes projets. Après avoir compris que la France est un Pays d'égalité sans oublier sa devise (Liberté, Égalité, Fraternité), je décide donc d'y aller. Parlant de liberté, n'est-ce pas la raison qui m'a poussé à quitter mon pays? Oui j'ai constaté que la France était le pays idéal.

Mais pourquoi me rendre dans un pays où je ne connais personne? Ou vais-je dormir? Ou encore comment manger pour vivre? C'est simple, la réponse à toutes ces questions se trouve sur le net. Je passais presque tout mon temps sur Google. Chercher le nom de différentes associations. C'était ma seule préoccupation. Les italiens étaient tellement gentils mais il fallait que je trouve un sens à donner à ma vie. J'étais focalisé sur mes études de sorte à assurer mon avenir. Je décide donc de partir.

L'entrée en France et la prise en charge

Arrivé sur le territoire français au soir du 03 Avril 2016 précisément à la gare de Lyon. Ce jour, je n'avais que 20euro en poche pour pouvoir manger. Je ne savais ni où aller ni comment m'y prendre. Mais il y a une chose à laquelle j'étais attaché, c'est mes différentes recherches que j'avais effectué sur le net avant de venir en France.

Bien sûr, j'ai du passé la nuit à la gare vu qu'il faisait tard. Et c'est aux environs de deux heures que j'ai aperçu deux agents de la RATP (je croyais que c'était des policiers), immédiatement je les ai approchés et leur demander de l'aide (pour qu'ils m'aident à trouver une association qui pourra m'aider dans mes projets tel que je l'avais lu sur le net). Le premier a alors pris mon extrait de naissance pour le vérifier, puis le second a dû lancer un appel téléphonique (il tenait une feuille à la main et prenait des notes). Sur le champ, je commençais à avoir peur et j'avais trop de doute "je tremblais". Après avoir fini son appel, il m'a remis la feuille (sur la feuille était marqué une adresse et c'était l'adresse de la croix rouge française située à Bobigny). Ils m'ont dit de me rendre à l'adresse indiquée au lever du jour.

Maintenant que j'avais cette adresse, comment m'y rendre ? Je ne maîtrisais pas les trajets du train et métro (c'était la première fois que je voyais un métro puis un train car en Sicile il n'y en a pas).

A mon réveil, le matin (j'avais trop froid ce jour), a première pensée était de trouver quelqu'un qui pourrait me guider dans mon trajet. J'ai été étonné de voir tout le monde pressé. Les gens courraient dans tous les sens et je ne comprenais rien (en fait, j'étais paniqué). Donc je ne trouvais personne qui avait du temps à m'accorder. A ma plus grande chance, j'aperçois un guichet auquel il était écrit "information". Alors je m'approche et je demande de l'aide pour mon trajet, la dame écrit sur une feuille la manière dont je dois m'y rendre. Heureusement je savais lire et écrire donc j'ai pu me rendre à l'adresse indiquée même si cela n'a pas été facile.

Une fois à la croix rouge, le monsieur à l'accueil enregistre mon dossier puis me dit de repasser dans 15 jours ou qu'il me contacterait pour m'informer si mon dossier est accepté ou pas. Alors je dis au monsieur, où est-ce que je vais pouvoir dormir en attendant les résultats vu que je n'ai nulle part où aller? Il me dit c'est la procédure (on ne loge personne avant d'avoir étudié le dossier). Puis me montre un endroit où je pouvais me rendre en attente des résultats. Ensuite il me donne des tickets de restaurants. Alors je sors pour me rendre à l'endroit indiqué.

Arrivé sur les lieux, je me trouve autour des personnes qui étaient dans la même situation que moi (il y avait des ivoiriens, des maliens puis des camerounais). Il y avait la fraternité dans ce lieu mais chacun se débrouillait à sa façon pour pouvoir manger. On se lavait une fois par jour, ou des fois pas de douche car il y avait manque d'eau chaude de temps en temps. L'essentiel, j'étais autour des personnes aimables et pleines de vie. J'ai passé environ trois semaines dans cet endroit.

Un après-midi, je reçois l'appel de la croix rouge me disant que mon dossier avait été accepté et que devrait être logé dans un hôtel donc je dois me rendre immédiatement à l'accueil. Une fois à l'accueil, j'ai été accompagné à l'hôtel. On nous donnait des tickets de restaurants par jour puis on était logé. Aussi ils nous achetaient des tenues vestimentaires.

Tout ceci était bien beau mais je pensais à mes études. Alors je vais voir la directrice dans son bureau lui disant que "je souhaiterais poursuivre mes études". C'est ainsi qu'elle m'informe que je serais bientôt transféré sur les services de l'Aide Sociale à l'Enfance (ASE) à Antony et que pourrais être scolarisé. Deux semaines après l'annonce, je suis transféré à l'ASE.

La prise en charge pas l'ASE

J'ai été transféré au service de l'Aide Sociale à l'Enfance en juin 2016 (logé dans un hôtel à Issy-les-Moulineaux). Où je profite de la ville parisienne, de la culture française et pleines d'autres choses. Les gens étaient tellement gentils et attentionnés.

En septembre prochain, ma référente de l'ASE m'amène faire mon test au Centre d'Information et d'Orientation (CIO). Le résultat du test sort positif donc je devrais être scolarisé dans un lycée professionnel. Malheureusement tous les lycées de Paris étaient remplis donc difficile d'être scolarisé en région parisienne. La seule solution était de me trouver un autre lycée hors de Paris ou même en dehors de l'île de France. Elle a réussir à me trouver une place en Normandie mais je devrais être transféré dans une famille d'accueil. Alors, j'accepte de quitter l'Île de France et de me rendre en Normandie car pour moi, aller à l'école était le plus important à mes yeux. Je pars donc en famille d'accueil en Normandie précisément à Condé-sur-noireau.

La famille d'accueil et le projet professionnel

Arrivé en famille d'accueil en novembre 2016, c'est à dire deux mois après la rentrée scolaire. Je demande à faire ma rentrée le plus rapidement possible précisément dans le domaine de la comptabilité (tel était mon désir depuis le début). Malheureusement mes souhaits ne seront pas réalisés car d'après le conseiller éducatif du lieu de vie "pour être comptable il faut plusieurs années de formation et vue ma situation actuelle, il serait vraiment compliqué de choisir ce domaine, car si l'ASE met fin à ma prise en charge qui pourra m'aider à financer ma scolarité?". Étant dans l'impasse, je devrais choisir une formation qui sort au maximum trois ans avec un diplôme. On m'a donc été conseillé de faire un Bac pro électrotechnique (électricité).

Inscrit en Novembre au Lycée professionnel Guibray pour un BAC pro électrotechnique (une formation que je n'avais pas prévu). Mon premier jour au Lycée fut très stressant. J'avais peur de l'accueil qui m'était réservé. Peur de retourner dans le passé. Je n'ai pas pu dormir la veille. Je me posais tellement de questions du genre "comment sont-ils les gens de ce lycée? Sont-ils gentils? Vont ils m'accepter comme je suis ? Ou encore s'ils ne m'approuvent pas, que dois-je faire? Arrêter ou continuer malgré tout? Des questions auxquelles je n'aurai pas de réponse tant que je n'y vais pas.

Alors je me rends au lycée le lendemain. Ma toute première inquiétude fut le fait d'être le seul "noir" au sein de l'établissement. La deuxième était de voir tous les yeux rivés sur moi. J'avais tellement honte.

En fin de compte, mes inquiétudes furent tout le contraire de ce que je m'imaginais. Les gens étaient adorables, attentionnés, accueillant, souriants et heureux de voir une nouvelle personne dans leurs établissements (que ce soit les éducateurs, professeurs, proviseur et les élèves, tous ont été très content de ma venue). J'étais très heureux et épanoui. Je me sentais tellement bien au sein de cet établissement.

Bien évidemment, je me disais, tient Abdoul t'as réussi. T'as réussi à te procurer cette place que tu voulais. J'étais fier de moi. Fier de mon combat et fier de mon parcours. Sauf que je ne voulais pas que quelqu'un sache mon histoire car c'était un passé dont je voulais enterrer définitivement.

Mais il y a une chose dont je n'étais pas du tout fier "le fait d'abandonner ma mère". Alors un jour, après les cours, je décide de relancer son numéro dans l'espoir que celui-ci puis passer. A ma grande surprise le numéro commence à sonner et j'entends la voix de ma mère "ça été la plus belle journée de ma vie". J'étais très ému. Mes larmes coulaient. En fait, j'étais tout simplement heureux de savoir ma mère en vit après une année sans avoir de ses nouvelles. C'était une journée extraordinaire. C'est depuis ce jour que j'ai repris contact avec ma mère.

Malgré le faite j'étais arrivé deux mois après les cours, j'étais parmi les meilleurs en classe. J'étais content de la formation qui m'a été conseillée. Je ne me sentais si bien pas seulement au Lycée mais dans ma nouvelle vie. Je me sentais enfin libre. Je pouvais crier dans toutes les rues et dire "je suis libre" sans crainte.

J'effectue donc une année complète dans l'établissement et je décide de continuer ma formation en alternance à ma deuxième année (une idée géniale venant de ma référente de l'ASE). Alors je dépose ma candidature au CFAI de Caen pour un apprentissage. Deux semaines plus tard, je reçois des appels venant de trois entreprises qui s'intéressaient à mon profit. Parmi eux, il y avait «Enedis» (qui se faisait appelé ERDF(Électricité Réseau Distribution France)). Alors je fais d'Enedis ma priorité car c'est une grande entreprise et elle est présente dans toute la France (des conseils reçus par mes éducateurs du lieu de vie). Me voyant salarié au sein de l'entreprise qui distribue le courant dans toute la France était une fierté. J'étais très fier d'être contacté par cette entreprise.

Nous étions plusieurs à l'entretien d'embauche (environ 5 à 6 personnes). Et d'après ce que j'ai appris "il y a une seule personne qui devrait être embauchée". J'étais celui qui avait été retenu par l'entreprise. Encore une fois, j'étais fier de constater que les gens s'intéressent enfin à moi et à mon travail.

Alors je deviens salarié à Enedis en septembre 2017 "en apprentissage". J'étais scolarisé à nouveau au CFAI de Caen. Mon intégration fut facile (au travail et au lycée) et je me suis fait de très bons amis. Dois-je mentionner à nouveau que j'étais heureux? Oui je l'étais et très heureux. Je me sentais à ma place. La place qu'il me fallait. France m'a adopté.

L'expulsion

Alors que je deviens adulte le 24 Décembre 2017, donc j'effectue ma première demande de titre de séjour à la préfecture du Calvados en janvier 2018 " ils me délivrent un récépissé de titre de séjour que je perds trois mois après dans un bus en allant à l'école".

Quatre mois après ma demande de titre de séjour, je reçois un courrier de la préfecture mentionnant "refus de titre de séjour et obligation de quitter le territoire français dans un délai de 30 jours". C'était l'un des moments les plus troublants de ma vie. Et c'est à partir de cet instant que tout s'est écroulé autour de moi.

L'entreprise décide de suspendre mon contrat car je n'étais plus dans les règles. J'étais en situation irrégulière. Vu la suspension de mon contrat, je n'avais plus le droit d'aller en cours. Alors je décide de me concentrer sur mes démarches administratives. Notamment faire appel à la décision de la préfecture au tribunal administratif

En Novembre 2018, le tribunal administratif rejette ma requête et accorde l'obligation de quitter le territoire.

Décidément je me rends compte que le rejet fait parti de ma vie. Je me posais tellement de question "qu'est-ce que j'ai fait pour mériter cela? Ai-je fais du mal à quelqu'un? Pourquoi personne ne m'accepte ? Est-ce mon destin d'être toujours repoussé? Des questions que je me pose tous les jours.

J'ai tout fait pour m'intégrer, m'adapter, apprendre la tradition française et j'ai même appris l'hymne de la France tellement j'étais attaché à ce pays. Mais pour finir, je me rends compte que le rejet fait parti de ma vie. C'est comme cela et je ne sais pas si cela pourra changer un jour.

Il y a un moment (avec la suspension de mon contrat, le quitte territoire, l'arrêt de mes études "sachant que je devrais passer mon BAC") je ne pensais qu'à mettre fin à ma vie. Je me disais cette vie n'est peut-être pas faite pour des personnes comme moi et que peut être, j'aurai une place auprès de Dieu si je décide de me suicider. Le problème est que je n'arrivais pas à mettre un terme à ma vie. J'ai tellement essayé mais je ne pouvais pas car je voulais vivre.

Malgré que mes études avaient été stoppés et que je ne pouvais pas passer le BAC, j'ai décidé de changer de statut (de salarié en étudiant) tout en m'inscrivant dans un autre lycée et oublier l'apprentissage. Je suis allé m'inscrire au «lycée professionnel Jean Guéhenno» à Flers en fin d'année scolaire 2018-2019. L'idéal était de garder le niveau d'étude et être prêt à passer le BAC l'année suivante.

Pendant tout ce rebondissement, l'ASE ne m'a jamais laissé tomber. Ils ont toujours poursuivi ma prise en charge en me proposant un contrat jeune majeur et ils continuent toujours à me soutenir. A l'image de ma référente qui est là quand il le faut. Voici des raisons qui me donnent envie de me battre et de réussir.

Il y a un moment, je ne voulais plus de cette vie, mais là tout de suite, maintenant, à cet instant précis, je veux vivre.

conclusion

Aujourd'hui, beaucoup de personnes ont une image négative envers nous qui sommes le fruit de l'immigration, sans même ce demander pourquoi vouloir mis sa vie en danger ?

Prenons l'exemple de ma situation. Et vous, qu'auriez vous fait? Rester ou partir? Chacun de nous a son histoire !

Quelqu'un qui a décidé de quitter son domicile, de quitter peut être sa famille. Qui souhaite à tout prix mettre fin à sa douleur. Avec beaucoup de chance on se retrouve un jour sur le territoire Européen, en liberté et cherche à reconstruire sa vie. La vie qu'il ou elle aurait voulu.

Imaginez un instant, cette personne se faire expulser par le pays auquel elle s'était accrochée. Se retrouver de nouveau face aux difficultés qu'elle a dû abandonnées, la maltraitance qu'elle a dû subir, ou encore face aux critiques et aux moqueries qu'elle a préférée s'en fuir. Que serais la mentalité de cette personne selon vous ?

Alors, je vous laisse deviner la nouvelle vie qu'aura cette personne. Pensez-vous qu'elle aura une vie normale et saine? La plupart de ces personnes finissent soit dans la rue, et qui dit rue, dit délinquance, braquage, escroquerie et plein d'autre chose qui pourrait nuire à la vie de cette personne.

Pour d'autre le suicide est la meilleure solution. "A l'image du drame dont nous avons tous assisté lors de l'audience qui s'est tenue en novembre 2018 au tribunal de Paris". Le jeune homme décide de ce suicider plutôt que de retourner dans son pays d'origine. Allons nous continuer a assister à ce type de drame?

Toutes ces personnes ont droit à une chance d'être accepté. Pour quelqu'un qui a préféré risquer sa vie mais qui arrive à s'en sortir malgré tout, a droit à une chance de la vie.

Ne surtout pas confondre les choses, 80% de ces personnes n'ont pas souhaité mettre leur vie en danger pour une migration économique ou encore pour la beauté de l'Europe. Comme je l'ai dis « chacun de nous a son histoire, mais peux de personnes en parler ». J'ai décidé de m'exprimer aujourd'hui car j'étais plus dans le désespoir, et il fallait absolument que j'en parle de sorte que vous tous, preniez conscience de la réalité des choses.

Qui ne voudrais pas vivre dans la paix et en sécurité ? Tout le monde cherche la paix dans sa vie. Et vous, si vous n'aviez jamais eu cette paix à votre domicile, qu'auriez-vous fait? Heureux pour vous qui n'avez pas connue cette situation.

L'expulsion n'est pas la solution pour un monde meilleur. Acceptez nous tel que nous sommes pour l'avancé de l'humanité. Nous appartenons tous à un même monde.

Comment je perçois les choses maintenant?

Tout a changé pour moi le jour où j'ai accepté la vie que je mène, les difficultés que j'ai dû rencontrer ou que je rencontre encore aujourd'hui. Il m'a fallu du temps pour les accepter, mais aujourd'hui j'ai atteint ces objectifs et c'est le plus important.

S'il y a une chose que vous devez savoir: Votre point de départ dans votre vie ne détermine pas votre futur. Votre situation actuelle n'est pas votre situation finale.

Oui c'est parfois injuste mais la vie vous donne toujours les possibilités de réussir. Ne laisser pas les circonstances vous emprisonner dans votre cocon, mais faites de ces circonstances la raison qui vous pousse à évoluer et vous en sortir. La vie est un choix, le bonheur est un choix, le succès est un choix. Les choix que vous faites, font de vous qui vous êtes, pas les circonstances imposées. Alors choisissez sagement.

Ne cherchez surtout pas à vous faire aimer par les gens, laisser les gens vous admirer s'ils le veulent.

J'aimerais vous faire part du discours d'un conférencier que j'ai dû écouter, qui m'a permis de comprendre et d'accepter certaines choses dans ma vie.

Se tourner vers l'avenir et sortir de l'amertume

Beaucoup de personnes sont amères envers la vie lorsqu'elles regardent en arrière. L'amertume est une conséquence directe de la déception. L'amertume provient principalement de l'écart défavorable qui existe en ce que vous espériez ou entendiez et ce que vous avez reçu ou vécu dans la vie. Nous avons alors tendance à garder les griefs contre Dieu et contre les hommes en nous posant des questions du genre "pourquoi moi? Ou encore qu'est-je fais pour mériter cela? Etc...". Il y une chose que vous devez convenir avec moi: c'est que vous ne pourrez pas toujours tout expliquer dans la vie. Vous ne comprendrez pas toujours pourquoi Dieu permet certaines choses. Vous ne verrez pas toujours l'utilité de certaines épreuves que vous avez dû endurer ou que vous endurez encore aujourd'hui.

Pourquoi certaines personnes naissent-elles dans un environnement favorable et propice à l'épanouissement personnel? Alors que pour d'autre c'est tout le contraire. Pourquoi avez-vous été abusé physiquement ou sexuellement dans votre enfance? Pourquoi Dieu a-t-il laissé un parent très proche mourir très tôt alors que vous en avez besoin?

Vous ne pourrez malheureusement pas toujours tout expliquer et très souvent lorsque vous posez la question à Dieu c'est le silence que vous obtenez.

Voici quelques faits incontestables que nous devons tous admettre.

Un: nous ne choisissons pas ce que nous recevons au commencement de la vie.

Deux: nous ne commençons pas tous au même niveau dans la vie, tel qu'il est décrit: certaines personnes commencent sur la montagne, d'autres commencent dans la vallée. Certains commencent dans une bonne famille, d'autres commencent sans famille. Certains commencent dans un monde développé, d'autres commencent dans le tiers monde. Certains commencent avec des actifs, d'autres commencent avec des passifs. Certains commencent avec des avantages, d'autre commencent avec des handicaps. Certains commencent acceptés, d'autres commencent rejetés. Certains commencent dans l'abondance, d'autres commencent dans la pauvreté. Certains commencent protégés, d'autres commencent abusés. Certains commencent joyeux, d'autres commencent maltraités.

Vous ne trouverez pas toujours d'explication logique à toutes ces différences. Il s'agit simplement de fait, il vous faut reconnaître dès le départ sans pour autant les accepter avec résignation. La fin d'une chose vaut mieux que son commencement.

En dépit de ces disparités, vous vous rendrez compte que le plus important dans la vie n'est pas la position à laquelle nous commençons, mais plutôt le mouvement que nous faisons. Soit nous ajoutons à ce que nous avons reçu, soit nous gaspillons ce que nous avons reçu, ou enfin, soit nous nous contentons de gérer sans ajouter plus de valeur à ce que nous avons reçu à notre naissance. La bonne nouvelle est que nous avons tous reçu quelque chose au commencement.

Vaincre le sentiment de rejet

Le rejet est une racine dont les manifestants, c'est à dire les fruits sont nombreux. Parmi les plus rependus vous retrouverez l'amertume, le complexe d'infériorité, la dépression, la peur sous ses différentes formes, le manque de confiance en soi, l'insécurité etc...

Le sentiment de rejet dégrade toujours l'image de soi produisant ainsi une faible estime personnelle et un total manque de confiance.

Vous est-il arrivé d'être traité de rebelle? De bête? De moins intelligent? De déficient? D'incapable? D'affreux? De moche? Ou encore de retardé? Cela veut dire que soit l'on vous a appelé par votre handicap émotionnel, soit par votre handicap physique. Ce qu'ils ont oubliés de vous dire, c'est que vous n'êtes pas ce que vous faites. Que vous pouvez commettre une erreur, mais cela faire pas de vous une erreur.

Plusieurs fois dans votre vie, vous serez froissé, rejeté, souillé par les gens ou par les événements. Vous aurez l'impression que vous ne valez plus rien. Mais en réalité, votre valeur n'aura pas changé. La valeur d'une personne ne tient pas à ce qu'elle fait ou à ce qu'elle ne fait pas.

Ma vision de la vie aujourd'hui

Maintenant, je ne laisserai plus personne piloter mes sentiments ou mes émotions à distance.

Désormais, je suis l'architecte de ma destinée.

Qu'importe ce qui s'est passé hier. J'ai le pouvoir de choisir et je peux encore modifier l'histoire de ma vie. Ce n'est pas fini tant que Dieu n'a pas dit c'est fini. Je reprends donc les reines de ma vie. Rejetant ce qui est en arrière. Je cours vers l'avant pour remporter le prix. Je refuse de garder toute forme d'amertume ou de ressentiment car je reconnais que tout moyen de locomotion surchargé ne peut pas atteindre pleinement sa vitesse de croisière. Je me décharge donc sur Dieu et de tous mes fardeaux et je reconnais que ces événements négatifs m'ont appris des choses positives qui me serviront dans mon futur.

Au jour d'aujourd'hui, je continue toujours mes études en terminale Bac pro Électrotechnique au Lycée professionnel Jean Guéhenno à Flers. J'ai procédé à ma nouvelle demande de titre séjour auprès de la Préfecture de l'Orne donc j'attends une régularisation. Je suis toujours pris en charge par l'Aide Sociale à l'Enfance (ASE) des Hauts-de-Seines et je vis en autonomie au FJT de Flers. J'ai repris mes activités sportives (notamment le foot et mon rêve c'est de jouer un jour au Paris Saint Germain (PSG) même si c'est peux probable à présent).

Maintenant, je suis libre. Et demain ?

Toutes choses a une fin, mais la fin d'une chose vaut mieux que son commencement.

Remerciements

Mes plus grands sincères et profonds remerciements sont tout d'abord adressés à mon ami Hamed, car c'est grâce à lui je suis là aujourd'hui. Grâce à lui, je profite de ma vie de liberté. Alors je ne cesserais de lui dire merci. Merci pour tout mon ami. Je ne sais pas où tu te trouves, mais sache que je te porterai toujours dans mon cœur et tu seras toujours le bienvenu dans ma vie.

Impossible d'utiliser le mot « remerciement » sans penser un seul instant à l'ASE (Aide Sociale à l'Enfance) des Hauts-de-Seines. Je souhaite remercier tout le personnel de la structure. Merci à vous de toujours me soutenir. D'être toujours là dans les bons comme dans les mauvais moments. Vous m'avez adopté et fait de moi la nouvelle personne que je suis aujourd'hui. Merci de m'avoir accepté.

Mes remerciements sont également destinés à mes référente de l'ASE (Mme STEINMETZ et Mme CARON). Je tenais à vous remercier du fond du cœur pour le professionnalisme dont vous avez fait preuve dans le cadre de ma prise en charge. Les mots seront pas suffisants mais sachez qu'ils viennent du plus profond de mon âme.

Je n'oublierais pas bien sûr le personnel du lieu de vie. Merci à vous de toujours me guider vers le droit chemin. Merci pour vos précieux conseils et votre éducation. Merci de m'avoir inculqué les valeurs de la république française. Merci de votre accompagnement et de votre attention. J'ai été ravi.

Merci également à Mr Maillard de m'avoir proposé la brillante idée dans le choix de mes études. Grâce à votre idée, j'ai pu apprendre un métier dont je n'avais pas l'idée de pouvoir apprendre un jour. J'ai eu une autre passion grâce à vous. J'ai adoré ce métier et merci pour tout.

Je remercie bien évidemment tout le personnel d'Enedis de Condé-sur-Noireau. Merci à vous pour votre soutien, plus particulièrement à mon tuteur Mr Vornières. Merci pour tout Cyril. J'ai été ravi de travailler au sein de votre établissement. Il y a une chose que j'ai appris de vous, c'est votre rigueur. Et il y a une chose dont je suis fier, c'est d'avoir été un jour salarié dans votre établissement car travailler au sein d'une telle entreprise, c'est rendre service à la population. Pour cela, je suis heureux.

Sans oublier la Croix rouge française. Merci pour votre accueil et de votre accompagnement car c'est en partie grâce à vous que j'ai été prise en charge par l'ASE. Je remercie tout le personnel en particulier Fanta. Merci encore.

Merci à tout le personnel du FJT de Flers. Merci pour votre accompagnement et votre écoute. Je salue votre professionnalisme dont vous avez fais preuve durant mon séjour chez vous. Recevez toutes mes salutations.

Merci également à la France pour l'accueil, aussi à vous lecteurs de votre attention, j'espère vous êtes ravis.

Libre ou Mourir

Je vous laisse mes contacts si vous avez besoin de me parler.

mail: abdoulkanate99@gmail.com

Facebook: Abdoul Kanate

Instagram: abdoul_kanate99

Twitter: @Abdoul07800646

© 2019, Kanate, Abdoul
Edition : Books on Demand,
12/14 rond-Point des Champs-Elysées, 75008 Paris
Impression : BoD - Books on Demand, Norderstedt, Allemagne
ISBN : 9782322188123
Dépôt légal : novembre 2019